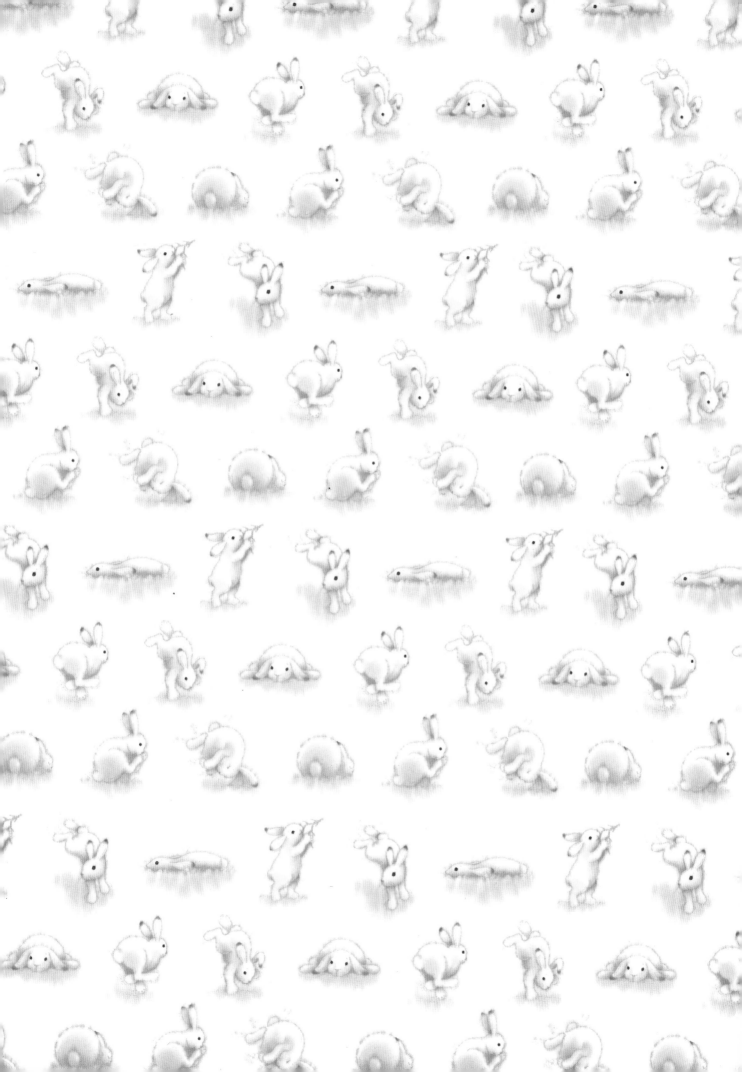

A Miro Demian

Otros libros de Marcus Pfister en español:
EL PEZ ARCO IRIS
¡EL PEZ ARCO IRIS AL RESCATE!
DESTELLO EL DINOSAURIO
LA ESTRELLA DE NAVIDAD
EL PINGÜINO PEDRO

First Spanish language edition published in the United States in 1996
by Ediciones Norte Sur, an imprint of Nord-Süd Verlag AG, Gossau Zürich, Switzerland.
Distributed in the United States by North-South Books Inc., New York.

Copyright © 1991 by Nord-Süd Verlag AG, Gossau Zürich, Switzerland
First published in Switzerland under the title *Hoppel*
Spanish translation copyright © 1996 by North-South Books Inc.

Library of Congress Cataloging-in-Publication Data
Pfister, Marcus.
[Hoppel. Spanish]
Saltarín / Marcus Pfister; traducido por José Moreno.
Spanish translation of the English translation from the German original.
Summary: Even though he doesn't like the cold snow, Hopper, a little
hare, enjoys playing with a friend and the adventure of searching
for food with his mother.
1. Spanish language materials. [1. Hares—Fiction.
2. Mother and child—Fiction.
3. Winter—Fiction.] I. Moreno, José. II. Title.
[PZ73.P493   1996]
[E]—dc20   95-33525

ISBN 1-55858-548-6 (SPANISH PAPERBACK)
ISBN 1-55858-563-X (SPANISH TRADE HARDCOVER)
Printed in Belgium

SALTARÍN

Marcus Pfister

Traducido por José Moreno

Ediciones Norte-Sur / New York

—¡Despierta, Saltarín!

Su mamá lo empujaba suavemente con el hocico; Saltarín abrió los ojos poco a poco y se desperezó.

—¿Tengo que lavarme otra vez, mamá?

—Preguntas lo mismo todos los días, Saltarín. ¿Acaso no quieres que tu piel esté blanca y saludable? Lávate y podrás jugar con tu amigo.

Saltarín se lamió lentamente empezando por las patas.

Era una hermosa liebre. Su pelaje era blanquísimo como el de su mamá, pero en la punta de una oreja tenía una mancha azul, lo cual resultaba bastante insólito.

Cuando terminó su aseo corrió en busca de Nick, que seguía profundamente dormido bajo un arbusto.

Saltarín le hizo cosquillas en el hocico y le dio golpecitos en las orejas. Nick se negaba a levantarse y Saltarín tuvo que arrastrarlo fuera del arbusto.

—¿Qué pasa? —dijo Nick adormilado, y cuando intentó apartar a su amigo enseguida se enredaron en una alegre pelea.

El escándalo de las risas y volteretas despertó al erizo de su hibernación.

—¡Dejen de hacer ruido! —gritó—. ¡Aún me queda un mes de sueño!

—Perdón —dijo Nick delicadamente—, no sabíamos que estuviera aquí.

La lucha en la nieve despertó el apetito de Saltarín.

—¿Qué hay para comer? —le preguntó a su mamá, que pasaba por allí brincando.

—Busquemos comida juntos —dijo su mamá.

—Preferiría quedarme jugando con Nick —se quejó Saltarín—.
¿Por qué no me traes algo?

—No seas perezoso y ven ahora mismo —dijo ella—. Puedes
jugar con Nick mañana.

Saltarín se despidió de su amigo y se marchó saltando de mala
gana.

—¡Espera mamá! Se me están congelando las patas. La nieve es muy fría.

—Ya sé que es fría, pero también es blanca como nosotros, y así nos resulta más fácil ocultarnos de otros animales.

—¿Pero por qué nieva, mamá?

—Muchas plantas, hierbas y arbustos tienen que descansar durante el invierno. En primavera la nieve se derrite y se convierte en el agua que ayuda a las plantas a crecer.

—¿Por qué necesitan descansar? —preguntó Saltarín tendido en la nieve—. Ellas no tienen que saltar sobre la nieve helada para hallar comida. Yo también quiero descansar.

Su mamá levantó de pronto la mirada y divisó un halcón que se lanzaba sobre ellos.

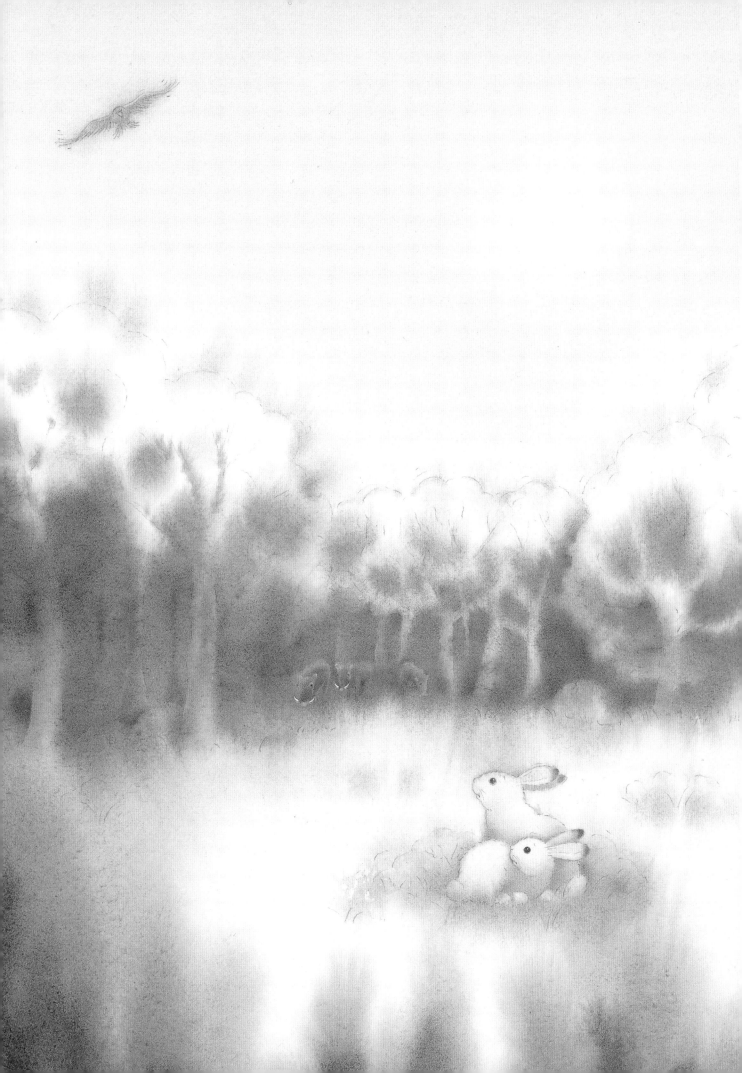

—¡Corre hacia el bosque! —gritó—. ¡Corre todo lo que puedas y escóndete entre los arbustos!

Saltarín huyó precipitadamente y su mamá se puso a corretear por el campo para distraer al halcón.

—¡Uf! ¡Por poco nos agarra! —suspiró la mamá mientras el halcón se alejaba.

—¿Qué quería esa liebre voladora? —preguntó Saltarín.

—Eso no era una liebre —contestó ella severamente—. Eso era un halcón, y ya te había advertido que a los halcones les encanta atrapar pequeñas liebres como tú. Por eso te enseñé a corretear de un lado a otro en campo abierto.

—¿Pero cómo consigue vernos volando tan alto?

—Los halcones tienen una vista muy aguda —respondió su mamá—. Son tan peligrosos como los zorros. Ven, corramos de nuevo por ese campo.

Saltarín trataba de seguir a su mamá, pero cuando hacía un giro demasiado brusco se desplomaba sobre la nieve.

—No te preocupes —le decía su mamá—, ya aprenderás. Tampoco fue fácil para mí.

Luego se fueron de nuevo a buscar comida.

Repentinamente, Saltarín salió chillando de un arbusto:

—¡Mamá, mamá, me persigue un árbol con cuatro patas!

Su mamá no pudo contener la risa: —Eso no es un árbol, es un ciervo.

—Un ciervo... —repitió Saltarín pensativo—. ¿Y en primavera les saldrán hojas a sus ramas?

—Eso no son ramas —contestó su mamá con paciencia—, eso se llama cornamenta.

—¿Y para qué necesita el ciervo una cornamenta, mamá?

—Para defenderse de sus enemigos y para escarbar la tierra en busca de comida cuando tiene hambre.

—Ojalá tuviera yo una cornamenta, porque estoy hambriento —dijo Saltarín al instante.

—¿Qué te parece? —preguntó su mamá—. Esta corteza es muy sabrosa.

—Pues a mí no me gusta —contestó Saltarín—. Está demasiado húmeda y fría; preferiría unas moras.

—No habrá moras hasta la primavera —dijo ella—, así que te comerás la corteza como un niño bueno.

Con la barriga llena, iniciaron el camino de regreso. El sol se estaba poniendo y enseguida reinaría la oscuridad.

—¿Estamos lejos, mamá? —preguntó Saltarín—. ¿Llegaremos pronto? Estoy muy cansado.

—No te preocupes hijo, estamos cerca.

Cuando llegaron a casa, la luna había salido y las estrellas parpadeaban.

—¿Se irá la nieve alguna vez? —preguntó Saltarín echándose en el suelo.

—Sí —contestó su mamá mientras le acariciaba dulcemente la espalda—. En primavera, cuando el sol caliente con fuerza, la nieve se fundirá, y entonces brotarán las flores y crecerán las hojas de los árboles. Los labradores sembrarán los campos y nosotros buscaremos zanahorias y lechugas. ¿Te gusta más eso?

Saltarín no contestó ni una palabra: se había quedado dormido y soñaba con la primavera y con jugosas frambuesas.